모두가 환하다

김경조

새미

들어가며

성별 없는 아이를 낳았습니다
한겨울에도 땀을 흘리게 하는
내 아이가
왜 이리도 부끄러운지요
어디가 아픈지
무엇이 모자라는지
알아채지도 못한다는 게
왜 이리 무서운지요
그래도 집안에만 가두고 싶진 않습니다
놀이터에 나가
친구들과 같이 커야겠지요

부단히 한 길 가던 남편이
정년을 맞는다니 내심 좀 서운합니다
무던히 세상을 헤엄친

당신께
이 작은 정성을 드립니다

세상이 점점 몸을 바꾸어 보입니다
아직은 진실인지 상상인지
구분되지 않을 때가 더 많지만
더욱 둥글어지길 바랍니다

저의 글을 만나시는 여러분
진실의 자리가 점점 넓어져
우리 모두가 환해지길 바랍니다
고맙습니다

차례 ✿

2부_ 오래된 사랑

3부_ 추억이 추는 춤

1부

＊

닦아내며

가고 싶은 학교

멀고 멀어라
시냇물 따라
가라는 어른들 이야기

모든 사람들
무심하고 바쁘기만 한데

양들도 전쟁을 배워
어린 것에게 눈물 안기니
탈출의 몸부림
메아리도 없어라

꼭 다문 입술로
그림자 없는 해 따라가면
가고 싶은 학교 만날까

어떤 이별

달이 차오듯
그날이 다가왔습니다

흰밥을 지어내고
말없이 먹습니다
바라보기만 하다
반짝이는 빛이 일 때
집을 나섭니다

훈련소로 떠난 아이 뒤로
시간과 나란히
빈 방이 넓어집니다
우리의 희망은
모두가 알고 있는 것

그래도
약간의 불안이 입니다

사탕발림

꽃의 시간에
하필 국회의원을 뽑는지
씨앗 구분도 못하는 사람들인데

알갱이 없는 고함소리에
고뇌에 빠지는 오늘
믿음은 보지도 못한 채
'人'자를 누르다니
국민노릇 하기가 참 힘들다

일찍 볕드는 곳
빨리 그늘지는 걸 아는
경건한 보통 사람들은
잘생긴 배우보다
자기 원칙 있는 배우를 좋아하여

탈법과 무법
언제나 그들의 친구가 아니길
이익에 밝은 거짓말
또한 그들의 연인이 아니길 빌었지만

그네의 이름 석 자
저번에도 물 먹이더니
이번에 한 번만
꼭 한 번만 더 믿어달라는 건
사탕발림인 줄 우린 알지

봄비

당신, 저 낮은 울음소리 듣나요

감출 수 없어 들리는 숨소리로
살아있음을 알립니다
그리하여 우린 저 소리에
또 희망을 꿈꾸지요

계절에 바치는 꽃접시들이
사람 수보다 많아
온화한 혼란이 가득해지는
이맘때면
간간이 하늘의 호통에
가슴 안을 들여다보지요

그런데 당신,
이런 날에도 주먹다짐 하여
기름 묻은 밥을
입가에 묻히며 살아야 하나요

오늘은 바람도 다툼 없이
저 봄비울음 싸안고
긴 골목길 내려가는데
말없이 저 소리 듣고 있으면
그런 생각 들지 않나요

당신, 혹시 저 울음에
젖지 않는 우산을 쓰고 있나요

없어지는 것들 중 하나

여전히 그대로다
꿈길 같은
낙성대 뒷골목 시장

때 묻은 큰 파라솔로
더 좁아진 골목 안
돋보기 쓴 아낙네가
여태 그 자리에서
낡은 재봉틀에 기름을 치고
손톱 갈라진
어머니가 무청을 삶아 판다

이리 저리
이웃 좌판 서로 봐 주고
화려한 꽃바지에 검정 고무신이
손님을 기다리는 길

마땅히 살 게 없어도
시간을 얼러
콤콤한 비릿내를 맡는다
얼핏, 청국장내도 맡는다

정비란 이름의 재개발 소문
어떤 이는 조금 나아질 게고
어떤 이는 다시 볼 수도 없을 게고

내가 할 일

조약돌 대신
땅에게 되돌려줄 건
마른 꽃잎 같이 썩어질 몸 뿐
또 어떤 양보를 바라겠나

의미를 제공하지 않아도
지나온 계단들은 없어지지 않고
다른 것들이 또 포개어져
길이 되었다

이어지는 목숨들이
뿌리내리는 땅
욕심 줄여야 한다는 걸
이제서야
조금씩 알아가니
휘청거리는 땅에
변명 더하지는 말아야지

고로쇠나무

한때
난 펌프질을 아주 잘 했지
파이프를 네 개까지 꽂았어
참 대단했지
몸에서 여울소리가 나곤 했으니까

언제부터였나
해마다 파이프가 꽂히자
골다공 환자가 되었지
내 부모도 이렇게 살았고
나도 이렇게 살았고

늙은 내 옆으로
자식들도 줄을 매달아
펌프질이 바쁘지만

내
뚫린 옆구리엔 찬바람만 스미고

내 자식들
또
나처럼 당하여 뼛골이 빠지겠지

산을 걸으며

그저
풍요롭고 너그럽소

등성이와 골짜기
조심조심 쓰다
돌려줄 것이오

내가 선 자리
나에게 내준 이 넓이를
꾸밀 일꾼들
지금도 바쁠 것이오
어서 떠나라 재촉도 못하고

이자 없이 쓰는 고마움에
원금 못 갚을까
늘 걱정이오

잃어버린 고향

사후死後 터로* 소문난 친구의 고향
그 땅에 붉고 흰 깃발 꼽혀
산 사람 죽은 사람
구분 없이 헐리고

기계가 파낸 깊은 구덩이에
번갈아 든 계절이
모자람 없는 그림 그려도
가슴은
자주 욱신거린다고

팔려가는 소에게 고향 물으니
귀에 꽂힌 노란번호판 들이밀어
눈물만 흘렸다고

여기저기 기웃대는
친구야, 마음 묻고 사는 여기를
고향으로 삼자

뒷산을 잃어버려
앞개울을 잃어버려
우리 모두 슬프단다

* 용인.

길상사

극락전 천정을 뚫어
흩어져간 사랑
그리워만 하다
단청이 된 여인들

사랑의 온기 대신하던
성근 대숲을 떠도는
서럽던 노래 소리까지

맑은 마음으로
법당문을 닫아도 들리는
어깨 무겁던 여인들의
나비옷 벗는 소리
한숨으로 배불리던 소리

오늘은
부처님 무릎 밑에 앉아
가슴으로 듣는다

자넨 어찌 사는가

나뭇잎 져 하늘 넓어지니
색색 비닐장판으로 기워진 지붕들이
가난한 안방마님 조각보 같네

나는
한 푼도 할인 받은 적 없고
봐달라고 떼쓰지도 않아
때때로 시한 넘긴 고지서에
스스로를 나무라는 서울시민일 뿐

서로 유식을 펼치는 이웃들
솔직히 속알머리 없는 짓이지
나방날개에 묻은
잔 가루 같은 게 아니겠는가

구청에서 지어준 공동화장실이
세금내고 받은 유일한 혜택
원초적인 부끄러움에서
조금은 멀어지게 되었지

이웃은 거진 늙었다네
걷기도 버거운데 가진 것도 없으니
이 중턱까지 가벼이 올려져
하늘 가는 길이 더욱 가까워졌지
한 번도 느긋하게 쉬지 않았고
한 번도 배부르게 먹지 않았다는
어제 이야기를 오늘도 하네

몇 집 안 되는 기슭마을에
왜 그리 십자가는 많은지

낮은 교회문들 밀어도 봤지만
별 보며 마음 조율하는 게 편하더라고

손바닥만한 땅을 꾸미는
이웃 노친네
금방 캔 무 두어 개를 건네며
올 저녁에 무서리가 내릴 거라네

이제 이 낮은 지붕들은
회색시간 속에 묻히겠지만
때론 하늘이 푸르게 내려다볼 것이고
우리 방은 좁아서 더 오붓할 것이야

여긴 삼성산* 골짜기야
자네는 어디서 어찌 사는가

* 관악산 서북쪽 경기도 안양과 서울 관악구에 걸쳐있는 산으로
  불교에서 그 이름이 연원되었음.

곶감 익는 밤

얇은 유리창 안
늦은 수저소리 내는
백열등 아래
가난한 손이 하루를 내릴 때
초생달빛에도
익어가는 곶감 흰옷 입듯
우리도
보이지 않는 옷을
한 겹 더 입습니다

더하여 마시는 소주 한 잔은
마음 시린 이들의 이불
뒤곁에서 익어가는 곶감
흰옷 입어 추위 막듯
우리도
입김 따뜻한 사랑을
한 겹 더 입습니다

집중호우

하늘둑이 터져
쏟아지는 흙탕물
추석 쇠러 고향 간
옆방 천정에서 빗물 지니
영락없이 홍부네다

붉은 물에 쓸려 달리던 시장통
장사꾼 아우성 물속으로 숨어
추석이고 무엇이고
눈물에 한숨만 몰아쉬니
모두가 홍부네다

광화문 네거리도
궁궐 뜨락도 물바다라니
누가,
설마 그 마당에

물고기 풀고 연꽃 띄워 즐기는

놀부가 될까

무등산

빠른 기차 몰아간 남녘땅
무등산 기슭에서
길 바쁜 영동할매* 만나
같이 올랐네

이월할머니 손길은 매섭기도 해
머리카락 가닥가닥
손끝은 시렸지

입석 서석 사이사이
별처럼 많았다던 암자들
별똥별로 묻혀
기둥 구멍만
봄볕을 반기고

억년을 깎여도
단단한 석주
뜨거운 온몸으로
깃발 세워 앞장서고

손잡아 웃는 날이 더 많은
모두가 같이 서는 땅
무등산 산버들 솜털 속에 다 들었네

* 음력 2월의 풍신. 새벽 물을 장독 위에 올리고 풍년과 가내 평
  안을 빈다.

폐허지의 고목

―아유타야 유적*

잊지 말아라

칠백 년이 다 되어도

흩어진 벽돌 왜 아직 붉은지

내가 왜 부처님 머리 안고** 있는지

벽돌 놓는 것을 보았지

노래 소리 향기롭던

아침저녁 지나고

열기로 익어가는 건기

한낮 소나기에 몸을 식히면

언제나 달콤한 잠이 찾아드는

아름다운 몇백 년은

모두가 함께였어

침략군이 풀어 놓은

혼란과 두려움

밀가루 반죽에 술약 탄 듯

살육과 파괴로 부풀어

인자하던 미소

칼끝에서 흩어지고

고운 장옷 벗겨져

맨몸으로 뒹굴다 흙이 되었지

사원이 불타

사람이 벌을 받고

신들도 벌을 받았지

깊은 상처 거두는 이 없어

뒹구는 그 님 머리 안아

소리 없이 울기만 했어

황홀한 사치 지나간 자리도

아픈 상처 아문 자리도

층층이 얹힌 나이테에 빠짐없이 스며들었지

내 목숨에

손 댈 이는 오직 나 뿐

스스로 떠나는 날

모든 걸 보게 될 거야

* 태국 현재 왕국 이전의 왕국 수도. 1350년 우텅왕이 세운 아
  유타야왕국은 400여 년 번성하다 1767년 이웃 미얀마의 침략
  으로 찬란하고 웅대한 문화가 일시에 멸망됨. 세계문화유산으
  로 등재됨.
** 왓 마하탓 사원에는 잘린 부처의 머리를 보리수나무 뿌리가 감
   싸고 있음.

닦아내며

칠판의 낙서처럼
나날의 흔적을 닦는다
개필한 붓글씨처럼
새 것에 묻히면서

온 길 돌아보다
다시 안장에 몸을 얹는다
시간들 켜켜이
얼룩진 길 씻어 두고
다른 문 기웃거리며

쉽게 한 약속에
흔들리지 말지어다

우리의 책에
향기 입힐 붓 엮어
야만의 날들
닦아내며 갈 길 바쁘니

간송미술관에서

기다림 속으로
숨어드는 찬바람의
추상화 꼬리는 길고

설거지 하던 손으로

훌쩍
금강산 너럭바위 올라
겸재 만나 술잔 나누며
한껏 눈을 높이고
아픈 다리 쉴 겸
장터 씨름판에 둘러앉는다
생살에 꿈틀대는 심줄 보다가
단원의 감쪽같은 눈속임에
혀를 차며 개엿을 먹는다

깊은 골목
어스름 봄밤 담그늘에 숨어 서서
혜원과 곁눈질로 만나는 반가움
'月沈沈 夜三更 兩人心事 兩人知'에*
들킨 내 마음

화폭 꾸미는
기생년 깨끼치마저고리 사이로
젊은 놈 바짓가랭이 잡는 가는 덩굴손을
유쾌하게 즐기는 저리도 많은 눈은

시속에 맞춤인지
그저 친숙함인지

* 혜원의 그림 〈월하정인〉의 화제. 새겨보면
　'달빛 침침한 한밤중, 두 사람 마음 두 사람만 아네'

사월에, 또

–세월호 침몰을 보며

꽃이 진다*
꽃이 진다

꽃들
섬에 갇혀 고요히 지니
이승과 저승의 문지방 위로
모진 날들이 속절없이 간다

열정
순수
행복을
흔드는 파도여

펄펄 뛰던 꽃봉오리들
맥없는 떨기 되어
잡았던 손을 놓는다
뿌리가 피를 쏟는다

너무 많은 목숨을
이 계절에 바치는 우리
언제 이 일을 그만 둘까
먼 앞날에도
꼭 이 날을 이야기해야 하기에

남겨진 자여
이 시간을 문신하라
너의 뼈 마디마디에

* 2014. 4. 16. 세월호 침몰함.

2부

✻

오래된 사랑

돌아온 거리

어릴 적 창은 깨지고
거미줄 내려앉았지만
모르는 사람이 묻는 길
알려줄 수 있는 고향

날 알아보는 이 없이
다리에 기대어 강물을 보고
낡은 예배당에 들려
어린 나를 만난다

키 작은 아이가
촛불을 밝히고 기도드리던 제단은
아직도
기다리고 있었지만
촛불은 꺼지고
잠깐 연기가 나고
찬비가 감싸는 어깨가 시리다

내가 그리워하던
거리에 벽화를 그린다
오래 묵어 냄새도 먼
송판색 벽화를 그린다

작별

할머닌 말씀하셨다

애야 먼저 가거라
곧 뒤 따라 가마
내가 너무 늦게 가거든
별을 보거라

우리 다시 만나면
난 널 위해 밥을 하고
넌 나를 위해 춤을 추거라

많이도 다녔지만
유년을 꾸미던 할머니에겐
가지를 못했구나
가지를 못했구나

조손祖孫으로 이어진 실 위로
시간만 넘나들어
사랑으로 손맛 내던 할머니
멀리 강물 따라 떠났나봐

밤안개 소리

무릎 세워 밤 쫓다 만난 소리

나날을 갈아엎는 입춘바람이
세상 녹여도
안개문 안으로 쫓기는 만난 적 없는 사람들
앞서 걷는 자는 누구인가
뒤쫓는 자는 또 누구란 말인가
발소리 나지 않아도 느껴지는 거리
환청일까
혹시 나 혼자 가고 있는가
마음고리에
생각실 엉키고
조심스레 내미는
내 발소리에도 섬짓해지는 가슴

두껍고 차가운 벽안

생흙내 섞인

하얀 어둠 속에서

서둘러 꺼낸 몸에 자석처럼 달라붙는

습기 짙은 숨소리

기도의 벽

가슴도 모르는 눈물이 흐릅니다
아우성 가득한 서원지誓願紙
차곡차곡 줄 세우고
진언眞言 일일이 눈 맞추다
내 어려움을 잊습니다

새겨진 세상 문자
각각의 아픔으로 녹아 흐르는 기도는
소원으로
다짐으로
산 속 작은 샘물처럼 맑아집니다

불현듯 다가서는 훈훈한 손길은
깊은 못 찾아
긴 시간
양잿물에 누웠던 무명실입니다

푸르게 눈썹 움츠려

마음 감추어 녹이며

바람벽 꽃잎으로 다시 섭니다

환갑

이제 덮개도 소용없다
내 감정의 땅은
더 이상 어떤 두께의
베일도 원하지 않는다

맨눈에도 보이는
내면의 균열
아름다움이나 추함까지
그저 경이로울 뿐

잡초 수북이 우거져도
원망 없는 땅이길

그 땅을 위로하는
눈 녹은 물 위에
길게 마음 내려놓아도

누구 하나
흔드는 이 없더니
미처 떠나지 못한 겨울바람이
등을 떠민다

내가 본 두 남자

차라리 매운 국수를 사주라

자그만 리어카 국수집에 마주 앉아
매운맛을 뱉고 뱉고
생땀을 흘리며
머리를 두드리는 두 남자

팔리지 않는 물건 쌓아두 듯
버리기도 쉽지 않았는지
눈물 반 땀 반으로
돌아서서 후회할까
찌꺼기가 남을까
사정없이
후후 불어내고 쏟아낸다

친구 간에 쌓인 벽
밤바람이 마음껏 훔쳐간다

홍시

홍시가 익는다

속임을 모른 체
오로지 정성을 다 한다
날 만들었던
어머니 뱃속과 같을 것이다

몸은 변하여 두꺼운 살을 녹여도
끝끝내 놓지 않는 심지는
이것이 끝이 아니라
새로운 시작이라는 것

얇아진 겉옷 하나
그 옷마저 벗어
맨몸으로
새 세상을 기다림에

종일 몸을 내놓는다

이 나이에는

오랜 친구가 있지

머리 흰 나이에도
세상의 많은 말들
세상의 온갖 웃음들이
만드는 생채기
상처 난 날개를 스스로 꿰매기는
참으로 힘든 일

누구나 가슴 속에 숨겨 놓은
작은 귀주머니 있어
낯선 것에 묻고 얻은 답
꼭꼭 접어 보관하지

이제는 주머니 배를 줄일 때가 되었어

가슴소리 들어주는 사람 있어
색 고운 물섶에서 산마루까지
햇살 고루 덮일 때쯤
부끄럼 없이 상처 내보이면

코끝에 돋보기 걸친 친구
부러진 내 날갯죽지 어루만지며
서툴게 손빗질 해주겠지

소지燒紙

비나이다
비나이다
두 손 모아 비나이다

흰종이 결마다 정성으로
불 댕겨
손끝에서 염원하며
소지 올려
새 복 불러주던 어머니
허공에서 별똥별 되던
얇은 종이불 따라 몸도 오르던
정월대보름 밤
어머니 손끝 떠나는
내 소지
보름달까지 오르길 빌었다

마음 빌어 닿는 곳까지

안갯길

보이지 않는 길 가는
그대는
누구이며
어디로 가는지

안개에 가려진
길 끝으로
자식 잃은 늙은이는
어깨를 굽히고
가난한 젊은이는
눈물 섞인 눈초리로

뽀얀 어둠 속
맴돌다 떠나온 자리 되돌아보면
지금에야 누구를 만나든
앞뒤를 다투겠나
시비를 다투겠나

저 손이 제 길 가듯
나도 내 길 따라
묵묵히 걸을 따름이지

나만의 바다

꼭 찾겠다던
나만의 바다
얼마나 가까이 있을까

가뭄에 서숙 자라듯
꼭 고만큼씩 숱한 날 자라
내가 되었고
꼭 그만큼씩 무디어 가지

마음으로만 엮던
꽃수 놓인 원피스
저 멀리로 잊어버렸는데

달빛 투과되어
물풀도 같이 춤출
물 맑은 그 항구엔
언제 닿으려나

중년, 어느 날

부어오른 눈두덩이
여덟팔자 입가를
분으로 덮어

곱디곱던 젊은 날
걸어온 길 버려두고
거울 속
분칠한 얼굴만 본다

고운 마음도
향기 실은 바람도
비치지 않는
거울만 본다

꿈

내 꿈은
어제 저녁안개처럼 희미하더니
오늘도 가을안개처럼 희뿌염하다

바다로 달음질치는 여름 기타에 맞춰
손바닥 마주 치며
너에게
마음 없는 빈 웃음 보내듯

먼지 가득한 구석에서
꿈지락거리는 어린 거미
배는 고파도
아직
제 집 짓지 못해 쭈뼛대듯

내 마음도 그리 황망스럽다

기억

아우야 너는 아직
적도 아래 빛나는
하얀 모래밭을 꿈꾸니

광목이 바래지던 어머니의 마당가
너울들이 그리던
고운 그림자 흔들리는 걸
너는 보았니

핏기 없는 광목그네
바람에 부끄러워지면
추상화 작가로 몸을 바꾸었지

내 기억의 정착지 속
하늘빛 물웅덩이에 놀고 있는
송사리 몇 마리 따라가다 보면

적도의 모래밭보다
어머니의
안마당을 헤엄치던 몸짓이
더 깊은 가슴에 고여 있는 걸

친구

너와 나 오랜만의 식탁

우리의 교제는
실밥이 너덜거려도 아름다워
시간을 만지작거리며
웃음 뒤에
가끔 어깨를 맞대다가
발을 걸어
사귐에 대한 우화를 즐겼지
옛날로 거슬러 오르는 건
어느 계절이나
전설이 된 어린 시절의
눈이나 귀 때문
내가 네 둘레에
침전물로 퇴적 되면
우리의 섬 점점 가까워지고
서로의 발길도 잦아지겠지

오래된 사랑

서로 나눌 이야기가 없지요
나이든 부부는

작은 움직임도
오래 간직한 손지갑 같이
익숙해

혹시
우리는 그림자에 그림자 포개며
시간에 물감만 탔을까요

지금
등 돌리고 누워도
들리는 당신의 마음은

만파식적

서북쪽 먼 사막에는
마두금馬頭琴* 두 줄 있어
세상은 모두 제 자릴 찾는다네

새끼를 거부하던 어미낙타
잠자던 모성을 깨우고
핏발 서도록
양 눈 가득 쏟아지는 어미의 미안함

마음의 노래는
모래알마다 스미고
젖무덤 차지하고도 헐떡거리는
어린 놈 마른 입에 도는 물기

전설로 남은 만파식적
먼 모래언덕에 살아있으니
빈말이 아니었네

* 몽골의 전통악기로 우리의 해금과 흡사하며 악기 위쪽에 말머
  리가 조각되어 있어 마두금이라 함.

남쪽바다 갯가에서는

갯길을 걷는 당신
느리게 걷는가요
갯가에 선 당신
천천히 보는가요

칼질을 기다리는
눈두덩이 노란 숭어에도
갯길에 나앉은 낡은 목선에도
사람들의 오랜 시간 스며있으니

찬찬히 바닷물에 몸을 맡겨요
우리, 갯것들 속에서는
느리게 느리게
꼭 그렇게 해봐요

3부

*

추억이 추는 춤

산골부부

암소 앞세워
밭고랑 만들고
씨앗 묻어 흐뭇한 한나절
지난 가을에 숨겼던
잘 여문 콩을 갈아
뜨끈한 두부를 준비하세

산 아래 소식은 뜬 구름 같고
오직, 아이 일곱 키우는 데
세월을 다 보냈네

이제
늙은 손은 콩물을 거두어
오는 날을 빚어보세

저 골짜기 눈을 녹여내고

푸른빛을 기르는

햇살도

자네와 나랑 똑같아

캠파이어

나이 든 친구들이 모여 앉아
불을 피운다
몽실거리는 연기가
데려가는 곳은
어린 날 잔칫집
푸른 청춘이 출렁대던 바닷가
옛을 가두어
한참을 말없다
서로를 향해 크게 웃는다
첫사랑 생각했지?
어떤 사람 생각 나?
불에 비친 옆얼굴이 붉다
돌아보는 눈이 섦다
불같이
뜨겁게 살지 못한 걸
아쉬워하는 숨소리들
추억할 시간들이
불내음에 그을린다

늙은 해녀

나는 인어다
한순간도 의심 없이
찬물에 몸 담그는

담청색 물에서
전복 따던 우리 할망처럼
허벅 차고 수경 끼고

먹거리 그득한
문고리 없는 광에서
숨비소리로
맑음에 온몸 다하는

더운 계절에도
발이 시린 나이지만
물속에선
저절로 인어가 된다

목조각장

나무에 숨은
신神 찾아 내어놓는
목수장인
그네의 작업장은
줄곧 예배의 강당
버들꽃이 머리카락 헝클어도
그가 만나는 신은
그 자신
한 번의 손질에
눈두덩이 불거지고
코뼈가 서면
신은 살아나
아낌없는 구원으로
스스로 닳아 몸을 줄이고
그리움의 노래로
그에게 스며든다

찔레꽃

―노래하는 장사익*

꽃잎 끝이 떨리오
가뭄에 논배미 물 줄듯
꽃잎 끝이 말라
나는 아팠소

노랫말도 슬프지만
말라가는 물소리에
나는 울었소
윤기 흐르는 소리 낼 때
그대 고왔소만

희게 도배된
그대가 슬퍼진 건
시간의 이간질에
끌려가는
내가 보여서였소

* (1949~) 국악인이며 가수. 〈찔레꽃〉, 〈아버지〉 등등.

초여름 소금

땀 한 바가지 바꾸면
소금 한 바가지
초여름 소금은
금빛 송화 비추던
깨어진 선녀의 거울조각들

가장 원시의 씨앗으로 생겨나
깨끗함의 시원에서
깨끗함의 마무리까지
하얀 청정으로
제 맛을 그리며
몸을 만든다

밤의 기둥을 세워둔 채
삶을 꾸미는
여러 음 헤아려
악보를 채우는 작곡가처럼

관악산 동백

희미하게
허리 풀고 조는 산들
골짝마다 겨울 녹아
소리 낭랑하다

물먹은 소나무 사이로
도랑섶에 핀 노랑꽃은
아주까리 동백
어지러운 꽃내
점순이 사랑* 전하러
예까지 왔구나

반가운 마음에
그 몸을 더듬고 또 더듬고
지나가는 등산객들

산수유 피었다 환호하니
생강내 풍기며 서운해한다

* 김유정의 소설 『동백꽃』에 나오는 여주인공.

그 남자가 그립다

-고 김광석*

그 사람이 보고 싶다
가슴이 허전한 날
나 모르게 흥얼거려지는
그 남자의 노래

너무 일찍 우릴 버린
그 젊은 남자의
가슴 앓는 소리
푸르게 슬퍼지는
붉게 애잔해지는

고개 숙여 가슴 헤집어
슬픔 닦아내는
사랑 보내는

이렇게
흰 눈으로 덮이는 한낮
나는 그 사람이 그립다

* (1964~1996) 전세대가 좋아할 수 있는 서정적인 노랫말과 멜
  로디는 그의 사후에도 꾸준히 사랑받고 있다. 〈이등병의 편
  지〉, 〈서른 즈음에〉 등등.

소나기

숨기고 감추던 화가 터져
가슴 치는 소리 우레로
울어 서럽게 울어
넘치는 눈물
한참을 그렇게
또 한참을 그렇게
가슴 치고 어렵게
어렵게 빼낸 아픔을 쏟아낸다

순식간에
놀란 것들 깨워
괜찮아 괜찮아
당부하고 멀어지니
흙먼지 풀풀 솟던
황톳물 고인 땅도
넘어진 풀 안아 세우고
숨은 것들 토닥이기 바쁘다

전봇대

이젠, 골목을 지키고 선
나무전봇대는 없겠지
새끼참새 잡으러
전봇대에 올랐던
친구 동생 욱이는
감전되어
전신을 수술했지만
퇴근이 늦은 밤이면
좁은 골목 비추는 밝은 전등이
고향마을 지붕머리에 핀 환한 박꽃처럼
흉터 가득한 중년을 반긴다고

어머니

지칠 줄 모르는 젊음을
수틀 위에 올려
황홀한 수를 놓았지
철새처럼
넓은 바다도 건넜지

이제는
병원 창틀에 기대서서
누가 올까 밤낮을 헤이기만 해
이것도 지나친 욕심인줄 안다면서

지난날
고향길에 만난
오랜 친구 얼굴에서
당신의 나이를 읽고
수수로움을 알고

흰머리 밑이 보이는 염색머리
그 또한
감미로운 추억이었다면서

'이실아
인제 안 와도 된다'며
나이든 딸을 바라보는
초점 없는 눈동자가 흔들린다

눈인사의 계절

짙은 해무에 갇혔다가
하얀 어둠에 묻혔다가

굴 껍질이
해골처럼 뿌려진 해변 따라
남자의 넓은 어깨를
넘어온 그림자 없는 계절, 봄
종일 모래밭을 헤맨
허기진 물기로
젖은 털을 쓰다듬는다

한참 정 묻은 소리로
내 가슴에 들어와선
체취만 스치고 멀어지는
짧은 눈빛

패스트푸드점에서

한낮 바쁜 종로 2가 햄버거집
마주 앉은 선배
잔잔한
미소로 눈짓을 보낸다

창밖으로 보이는
좁은 뒷골목
반은 깨어진 두 층짜리 계단
노인의 힘없는 담배연기 옆에서
젊은 둘이 깊이 입을 맞춘다
어머, 쟤네 좀 봐
어떻게 해

언니
한쪽은 지나왔고
다른 한쪽은
지금 가고 있을 뿐이야

모란이 질 때

수다스레
바람 불지 않아
향기 넉넉하던 마당
툭툭 붉은 점으로 떠나는
자주치마 그대
차마 잡지 못 하오

향기 없다는 옛 이야기
내 믿을 수 없어요

마음 가득
안겼던 그대
너무 멀리는 가지 마오

삼백예순 하고많은 날
마음액자 닦으며 기다리이다

그대 치마 한 폭
책갈피에 숨겨두오이다

두 어미

새끼 주둥이
알뜰히 핥아 가슴에 새기고
미련없이 떠나는
풀숲 속 어미

잔정에 얽혀
오래오래
아이를 애완하는
사람의 어미

이름 같은 어미인데

물안개 피듯 이는
우리의 어미 걱정은
어인 일인지

만춘

바람기 없는 이른 아침
아카시아 꽃숲에 들면
밤새 고인 향기로
부끄러운 봄물 넘치는
순간이
그 분은 좋다고 했지요

작은 꿀벌들의
붕붕거리는
바쁜 날개소리와
코끝을 스치는 향내에서
오가는 시간들
그릴 수 있어 좋지만

짧은 봄밤

당신의 향을

아카시아꽃처럼 모을 수 없다며

붐해지는* 여명을

그 분은 원망했지요

* 어둠에서 차츰 밝아오는.

추억이 주는 춤

밀빛으로 익어가는 바닷가 모래밭
큰 나무 아래서
오래된 이야기 듣는 나는, 춤꾼

뒤로 달리던 자동차
달구지 되어
아프게 추억을 잡아당기면
흔들리는 물살 더 윤이 나고

아비 가슴에 묻힌 노래
다시 가슴에 심으며
내 사랑의 두툼한 노래에
손 잡히던 당신
진실이 오해될까 두려웠지
먼 눈빛에서
순한 그대를 알아
진심을 보내고 입술을 포겠네

이제 그대 떠난 빈 방에서
용설란 가시처럼
외로움 돋아
옛 그리움에 지네
먼 그대여
나 외롭소

허허로운 웃음 함께
바닷바람에 감기는 하얀 치마
그리움 묻은 긴 다리로
물새 따라 춤을 추어보네

엄마에게 서울은

엄마와 봄맞이 나선다
비칠거리는 걸음마
거친 손에 잡힌 내 손이 아프다
뿌리 깊은 흰 머리카락
움썩 들어간 볼
틀니 사이로 들락거리는
봄바람만 신이 나고

사람숲에 갇혀 걷는
이 길은
아이 혼자 걷는 정글 같아
두려움이 반을 넘고
오가는 발길 어지러워
길가에 주저앉는다

차암 사람도 많다

4부

*

겨울 나들이

겨울나들이

오래된 동무들을 만나러 간다
다친 다리 지팡이에 기대어

오늘 칼바람은 참 야속하다

곱은 손들 맞잡아
한 편의 조조영화로 가슴 데우고
음식점에 둘러앉아
위로와 후회
걱정과 연민
침샘이 젖고 마르길 몇 순배

추어국물 타박하다
국물 추가요
큰소리 부탁이 부끄럽지 않은 사이

지초가루로 따끈한 입김 섞어
좀 추위도 잘 나왔지?
혼자서 만리장성 쌓는 것보다 낫잖아
부추기는 환영인사에
재채기가 먼저 인사 한다

목련꽃술을 빚다

하얀 꽃으로
술 빚어 주신께 바치고
잔치기별을 기다린다

빛 바른 마루에 술잔을 마주 놓고
살아온 날
살아갈 날
패인 주름 사이사이 깊이 묻어도
소식이 없다
주신도 바빠 비우지 못하는 잔

서로 포개어지며 한나절을 이루던
시간의 경험은
새 것을 반가워하다
지난 걸 그리워하는
허영으로 가득해지고

기다림에 지쳐
술잔 대신 비우고
마루 기둥에 기대앉는 봄볕에게
향기로운
목련주 한 잔 권해
따슨 꿈을 나눈다

친절한 진료

양치하시고 잠깐 기다리세요

턱받이로 흘러내리는 양칫물 서서히 굳어지는 입술 그
리고 혀 잘 분 풍선 같은 입술의 느낌 이들 부르르 부딪친
다 미이라 두개골이 파노라마 사진으로 달려든다 무섭다
손잡이 거울이 보여주는 뿌리만 남은 빛바랜 바위 긴 시
간 풍화와 마모 검푸른 민둥산으로 남은 끝자락들 아픔
이 갑자기 세상에 드러난다 동굴에 감금당한 뿌리 깊은
아픔 뽑아내고 갈아내고 또 갈아내고

많이 아프거나 양치하고 싶으면 왼손을 드세요

칙칙 쇠 자르는 굉음 내 안이 진원지라 더 저려오는 오
금 완전한 고문 흩어지는 부스러기 종일 냄새나는 입만
들여다보는 치과의사 더러운 직업이다 쉴 없이 입을 벌
리는 억센 손아귀 따라 내 몸도 움찔움찔

소독해 드려라 처방전도 드리고 양치하세요

입안에서 떨어지는 조각조각들 연신 부들부들 돈까지
쥐가며 이렇게 떨다니 가만히 이를 문다 바느질한 잇몸
에 작은 안도가 들어앉는다 이 공사 준공일은 언제일까

초가을 매미

감나무에 숨어 부르는
네 마음의 노래는
여전히 뜨겁구나

흥분과 열정의
그 강물이
흘러가는 시간
우리, 모두는 가을 문 앞에 섰는데

이루지 못한 사랑 있어
목청 높여 노래 부르는
넌
시간을 더 아껴야 하겠지

전어

가을이 실려옵니다

그물이 토해낸 작은 물고기들
파닥이는 은빛 뱃구레는
가을을 물고 튀어 올라
포물선으로
바다를 갈망하는 몸짓은
우리 손안에서 허망해집니다
용감한 몇몇이
쪽빛 물 앞에서
반짝이 옷을 흔들어
순간을 벗어나지만

바짝 군기 오른
인해전술로 다시 밀려옵니다

경천호에서*

못가에 서면
내가 전하는 이야기
어디쯤 가는지 보인다

가볍게
한 발씩 다가서는
다른 계절에 섞이며
물결에 실린다

빛을 찾아
세월을 뛰어다닌 난
봄도 여름도
그림 속 향기로 보내고
이제 가을도 겨울도
완숙한 걸음걸이로
내 곁을 지나가겠지

* 경북 문경시 산북면에서 동로면으로 가는 산중 길섶에 자리한 호수.

초파일등 아래서

지음知音으로 살 벗
어디에 숨었나
먹은 나이가 부끄러운
발길 겹쳐지는 종로거리

꽃수레에
파일등 더하여
흔들리는데

色卽是空 空卽是色이라지만

손바닥 펴는 가로수 사이
오가는 뭇 눈길 속에
하늘 보는 저 사람이
그 사람일까

서울, 10월 어느 날

가려지거나 더해진 것 없이
다가서던 낮 지나

오늘 서울은 밤까지 선명한 산수화

밝은 달은
진청빛 치마폭에 놓인 금화 한 닢
그 밖은 온 도시 가득히 여백

우수雨水

칠갑산 계곡물이
흰빛으로 두런거리는
우수

산개구리들
푸짐한 알집들 옆에 두고
목청 높은 노래로
태교가 한창이라

태교음악 높아
멧비둘기 기가 죽고
하늘마저 좁아진다

김제들판

들판 가로질러
하늘로 오른 길이
저만치서 내려다봅니다
오랜만에 오는 친정
헤매이게 하는 들
온갖 푸른 것이
팔 내밀어 당기는 땅
나붓이 걷기엔 너무 까무룩해
허기지는 만경벌
숱하게 숱하게 빼앗겨도
또다시 익어가는
들판에
해가 묻히고
귀에 익은 사투리가
잘 삶긴 고구마 같습니다

강 건너 땅

−도문 강가에서*

장마 길어져 넘실대는 물
뗏목배 띄우지 못하고
버들숲에 모여앉아
술잔을 기울인다

나락논도
팥잎 고운 밭고랑도
날 건너다보는데

불어난 물에
옛 노래 살아나
맘껏 목청 돋우는 테이프
'두마안 강 푸른 물에
노 젓는 배앳사아아공'
강 건너 밭일 하는 저 아낙네도
따라 부를까

옥수수막걸리에
원산 명태 찢어 입가심하지만
저 건너 민둥산엔
언제쯤 올라볼까나

* 중국 길림성의 국경도시로 그 옆을 흐르는 강을 우리는 두만
  강이라고 함.

천지天池

가늠할 수 없어라

이리저리 흰 몸 뒤누이니
어지럽고 무서워라
꺽정이 운총이* 처음 만나던 날도
이러했을까

소리도 없이
걷어 올리는 하얀 비단실타래
서늘한 남색 물빛
가슴까지 차오르고

하늘 가까이 앉아
구름에 묻히니
펼치고 거두길
온 날 그리하네

* 홍명희의 『임꺽정』에 나오는 주인공들.
  꺽정은 백두산에서 그의 아내 운총을 만나 혼례를 치름.

통영, 봄

큰 숨 몇 번에

흩동백 겹동백
시새움에 붉어진 눈으로
땅에 새기는 헌시

섬 안의 섬들과
섬 밖의 섬들이
꽃술로 피는 마을

굴밭에 내리는 뿌리 따라
한 마디씩 더 파래지는 바다

수도승

—Golden Rock 사원에서*

보름달이 진다
새벽이 진다
밤을 안고 돌다
산을 내려오는 사람들
피곤도 없고 고통도 없이
오직 자신을 만난 수도승

모두가 환하다
모두가 고요하다
손을 잡았던 이
손을 잡고 내려오고
아이 업었던 등
아이를 업고 내려온다

밤이슬 탓하는 노인도
물집 아파하는 아이도 없이

그들은 세상 저 너머에서 온

내 뜰에 막 핀 아침 꽃들

속속들이 꽃잎 피우는

걸음 걷는 꽃들

* 해발 1000m 산 정상 바위 낭떠러지에 7m 높이의 큰 바위가
떨어질 듯 비스듬히 얹혀있는 정령신앙사원. 미얀마 3대 신앙
중심지로 매달 보름이면 밤새워 기도하고 내려오는 셀 수 없
이 많은 미얀마인들을 만난다.

나는 무엇을 품었나

−바간의 사원* 앞에서

흙길에 맨발로 선 나에게
오래된 부처가
손을 내민다

눈인사도 없이
마른 길을 걷다
가난한 사람의 마음을 주워
한참을 서성인다
주머니에 채워진
신들의 이것저것
뽀얀 먼짓길에 내놓아도 내놓아도 끝이 없어

작은 탑 안에서
기다리던 님
길손에게
미소로 건네는 말없는 인사

그 마음
알 것도 같고 모를 것도 같지만

깊숙이 이완되는 뿌리

웬일인가
가슴에 큰 구멍이 생겨도
이리 가뿐한 것은

* 현재 2,000여 사원과 수많은 불탑이 남아 있는 미얀마의 성스
  럽고 고요한 고대도시.

미얀마 아침

이슬이 아랫도리를 씻는다

새벽냉기 속 붉은 옷자락
맨발에 밟히는 흙들이
길을 안내한다
담 없는 시골집 앞
텅 빈 바리들이
언제나 채워질까

내 아이가 승僧이 되고*
네 아이도 승이 되어

아들 생각에
부처 이름 얹어
아낌없이 눌러 담는 어미들

붕긋한 바리 안고
돌아가는 길

바리때 든 어린 승이나
일터로 가는 어른이나
한술 밥이 소중한 건 한 가지
아침 일찍 먹이 찾는
새도 벌레도
모두 같은 탁발승들

* 미얀마에선 남자아이는 7세 정도면 사원에 들어가야 하는 의
  무가 있다. 사원에서 기거하는 기간은 대부분 1년 이상으로 스
  스로가 선택하며 교육기관을 대신함.

콰이강을 건너며

당신의 시를 안고
천천히 콰이강의 다리를 건넙니다
철길에 누운 젊음에게
이름 없는 들꽃에게
이 시를 바칩니다

벼랑을 핥고 지는 햇살처럼
강은 말이 없습니다
그들도 지금 말이 없습니다
그저 그 모습으로 내 안에 담길 뿐

칸차나부리 유엔묘지에서
이쪽을 건너다보며
낮은 구음□흅으로 잠긴 그들에게
깊은 위로 실은 기차
천천히 콰이강을 건넙니다

신이 되는 일

신성한 불이 춤추고
신성한 물이 흐르는
갠지스강가
화등을 띄우며
새로운 오늘과 손을 잡는 그대들

먼 길 걷던 무거운 발
길 위의 긴 시간은
몸을 씻는 순간순간들

발바닥에 응긴 아픔보다
오로지 신의 담 안에서
자신을 만나는 즐거움이라

대기를 뚫어 솟는 해 따라
희고 큰 날개 돋아
스스로 신이 되니

한 병
성수 안고 돌아가는 발길 가벼이
길에서 스치는 면면이
성수에 몸 담근 그대 손잡아
함께 신이 되누나

＊

해 설

먼 마을에 불빛 같은 소식

―김경조의 시

채수영(시인, 문학비평가)

1. 프롤로그―자기와의 대면

시는 자기를 쓰고 또 자기만큼 쓴다고 나는 주장한다. 시의 특성이 곧 개성의 기록일 때 자기라는 중심에서 크게 벗어나는 것이 결코 아니다. 그러나 시인은 항상 자기를 외면 혹은 버리고 더 높은, 또는 더 근사한 영지領地의 주인인 척 위장僞裝하는 경향이 농후하다. 그러나 시의 특성은 항상 자기로 돌아가는 길을 찾는 방랑이면서 방황의 끝에 돌아온 자기와의 대면에 가슴을 드러낼 수밖에 없다. 다시 말해서 시적 장치의 결과―비유나 은유 혹은 온갖 시적 결과로 포장할 지라도 그 껍질을 벗기면 알몸의 자기라는 대상과의 조우遭遇에 불과하다는 뜻―결국은 진실과의 만남이다.

시는 시인이 살고 있는 현실의 고뇌 혹은 미래를 바라보는 시선, 아울러 의식을 구성하고 있는 형성의 비밀이나 사상 등의 부유물을 수집하여 자기만의 성城을 구축하는 성공적인 시인도 있고 더러는 나열에 난전亂廛을 바로보는 허망도 있을 수 있다. 그러나 어느 것이든 시의 모양에는 자기적인 도취가 진설陳設될 경우에는 감동을 수반하게 된다. 모든 시인은 최선을 다해 시를 창조하기 때문이다.

모든 시인은 자기를 방기放棄하거나 또는 자기를 추스르면서 항상 긴장으로 엮어가는 일상이 시에서 나타난다. 시인은 어느 경우에도 예리한 탐색의 촉수를 두리번거리며 사물을 바라보고 또 진솔眞率하게 대면하는 자세를 가질 때 그가 드러내는 속내의 아름다움은 찬란할 수 있을 것이다. 그 시인의 세계가 크든 작든 진실과의 대면이 감동의 일차적인 관건이기 때문이다.

가령 시를 쓰는 법을 아는 사람이 있다면 그는 가장 거짓말을 잘하는 사람일 것이다. 결국 시는 모호하고 암담한 절망에서 희망을 노래하는 역할이 전부일 뿐, 해답이나 정답이 없는 글쓰기일 것이기 때문이다. 때문에 얼마나 재치 있고 맛깔스럽게 전달하는 가의 기교에 시의 운

명은 팔랑거릴 것이다. 흔히 어머니의 손맛이란 말이 있
듯 시 쓰기 또한 그런 추상적인 말이 고작일 것이다.

> 지초가루로 따끈한 입김 섞어
> 좀 추워도 잘 나왔지?
> 혼자서 만리장성 쌓는 것 보다 낫잖아
> 부추기는 환영사에
> 재채기가 먼저 인사 한다
>
> — 「겨울 나들이」에서

재치는 의도적이기 보다는 의표意表를 급습당할 때, 그
순간적인 찰나刹那에 결정되는 언어의 묘미라면 「겨울 나
들이」에서 '재채기가 먼저 인사 한다'는 김경조의 시 의
식을 전달하는 기저基底이면서 그의 시적 행로를 가늠하
는 인도적인 역할을 암시한다. 시는 일상적인 언어를 결
합하여 특수한 의미를 나타내는 방법이기 때문에—시는
여기서 시인만의 길을 확보하게 된다는 뜻이 첨가된다.
　세 권의 시집을 상재한 김경조 시인의 시에는 그만의
맛을 간직한 개성의 표정을 관찰하면서 탐색의 여정을
재촉한다.

2. 의식의 갈래들

1) 자기 찾기

'자기'라는 말에는 타인과의 대칭적인 의도가 담겨 있다. 나와 타인과의 구분이나 나를 알기 위해서는 타인이 반면교사의 대상이 되는 일뿐만 아니라 나를 위해서 타인을 대상화하는 일로부터 삶의 구체적인 전개가 나타난다. 다시 말해서 내가 있음을 확인하면 나와 또 다른 나를 인정하는 공존의 구조가 형성된다. 결국 나를 중심에 놓으면 대상화가 방사구조로 전개될 때, 사회를 형성하면서 나의 인식은 보다 넓은 세계로 발걸음을 옮기게 된다. 물론 나를 찾는 일은 이 세상의 어떤 문제보다도 지난至難하고 어려운 해답을 필요로 하는 것도 사실이다. 나를 객관화하는 문제는 결국 스스로의 거울을 만들어 비출 수 없는 문제 앞에 서성이게 되기 때문이다. 인용으로 확인한다.

꼭 찾겠다던
나만의 바다
얼마나 가까이 있을까

가뭄에 서숙 자라듯
꼭 고만큼씩 숱한 날 자라
내가 되었고
꼭 그만큼씩 무디어 가지
…중략…

달빛 투과되어
물풀도 같이 춤 출
물 맑은 그 항구엔
언제 닿으려나

　　　　　　　　　　ー「나만의 바다」에서

　내가 도달해야 할 최종 목적지는 '물 맑은 항구'인 듯하
다. 더불어 이런 마음의 발심發心은 '꼭 찾겠다던/ 나만의
바다'를 어디쯤에서 찾을 것인가를 생각하는 여백에는 가
까이와 멀리조차 구분을 갖지 못하고 있다. 왜냐하면 길
에선 나그네의 행로에는 언제나 방황이 수반되고 또 다
시 다가오는 의문의 행로는 다기多岐한 길을 연상하게 된
다는 뜻이다.
　길은 나그네의 운명을 행운으로 삼을 수도 있고 또 운
명에 끌려가는 슬픈 노래를 가락으로 삼아야 할 경우도

있다. 나를 중심에 놓고 의지의 생을 살 수 있을 것인가 아니면 운명의 그림자에 끌려가는 행로일 것인가는 전적으로 자신의 문제일 때, 나는 곧 최종의 숙제와 해답을 공히 갖는 존재일 것이다. '물 맑은 항구'는 시인이 추구하는 순수하고 아름다움을 추구하는 최종의 공간을 뜻하면서 김경조 시의 의식을 나타내는 상징으로 보인다.

학교를 가는 이유는 무얼까? 다시 말해서 배운다는 것은 곧 자기를 돌아보는 일이고 또 지혜를 축적하는 임무가 부여되는 공간일 것이다. 결국 나를 아는 방법으로 필요를 충족하는 일이 배움이라는 형태로 진행될 때, 스스로를 발견하는 거울을 갖게 된다. 즉 거울에 자기를 비추고 다시 고치고 이런 반복의 일들이 일생을 통하여 연결고리를 가질 때, 보다 성숙된 자화상과 대면하게 될 것이 목표일 것이다.

멀고 멀어라
시냇물 따라
가라는 어른들 이야기

모든 사람들
무심하고 바쁘기만 한데

양들도 전쟁을 배워
어린 것에게 눈물 안기니
탈출의 몸부림
메아리도 없어라

꼭 다문 입술로
그림자 없는 해 따라가면
가고 싶은 학교 만날까
— 「가고 싶은 학교」

　　배움을 갖는 자세는 끝없는 인내를 필요로 하고 '멀고
멀어라'의 탄식이 그림자로 따라올 때 힘겨운 자기와의
싸움이 있어야 한다. 그렇더라도 거대한 학문의 산山 앞
에 좌절과 절망의 가슴을 조아려야만 한다. 왜냐하면 학
문은 곧 자기 극복의 자세가 있어야만 목표에 도달하는
행운을 얻을 수 있을 것이기 때문이다. '배우러 가는 사람
이 백이나 된다면 돌아오는 수(數)는 열도 못 되네/ 후세
사람이 어찌 선인들의 고생을 짐작이나 할 것인가/ 아득
하게 먼먼 길에 푸른 하늘 차가운 기운만 몸에 스며들 제/
사하에 해는 저물어 고달픔에 지친 구도자의 모습이여'
(去人成百歸無十/ 後者安知前者難/ 路遠碧天唯冷結/ 沙河

遮日力疲彈)처럼 고달프고 괴로운 일이 진리의 광맥을 찾는 일이다. 갈 길은 멀고 해야 할 일은 엄두를 낼 수 없는 파도 앞에 좌절과 절망을 감추고 끝없는 자기와의 대면이 학문에의 고달픔이다. 시인은 어른(先人)들을 통해 학문의 어려움을 들은 말이지만 실제와 마주칠 때 '어린 양'으로서 감당하기 어려운 시련의 파도와 맞서는 모습이 선연하다. 그러나 위안을 주는 것은 '꼭 다문 입술로' 신념의 길을 따라가겠다는 의지에서 김 시인의 학교는 곧 시업詩業에의 길이라는 것을 쉽게 알 수 있을 것 같다. 시는 퍼내도 퍼내도 만족의 길을 찾을 수 없는 높고 높은 산이기 때문이다.

2) 사랑 그리고 어미 마음

S. T 콜릿지는 '사람이나 새나 짐승을 잘 사랑하는 자가 바로 잘 기도하는 자이다. 모든 것을, 큰 것이든, 작은 것이든 가장 잘 사랑하는 자가 가장 잘 기도하는 자이다'라는 말을 했다. 자연의 모든 것을 구분 없이 사랑하는 마음을 가질 때, 가장 잘 기도하는 사람이라는 의미는 평등과 자유 그리고 어떤 차별도 없이 모두에게 사랑을 골고

루 구분 없이 펼칠 수 있는 사람—기도는 순수함을 위한 정의는 간명하다. 가진 자 앞에 비굴하지 않고, 높은 자 앞에 아첨하지 않고 사랑으로 펼치는 순정한 마음에는 감동이 찾아온다. 이럴 때 보오들레르가 말한 것처럼 '기도는 힘의 저장소'가 될 수 있을 것이다.

비나이다
비나이다
두 손 모아 비나이다

흰 종이 결마다 정성으로
불 댕겨
손끝에서 염원하며
소지 올려
새 복 불러주던 어머니
허공에서 별똥별 되던
얇은 종이불 따라 몸도 오르던
정월대보름 밤

어머니 손끝 떠나는
내 소지
보름달까지 오르길 빌었다

마음 빌어 닿는 곳까지

－「소지(燒紙)」

　우리의 전통 속에는 기도가 투명한 의식을 암시할 경우로 이해된다. 정한수 한사발로 두 손을 비비며 정성을 올리는 일은 흔한 민속풍속의 장면이다. 자식을 위한 목록이 가장 많을 것이고 가족 혹은 남편이나 권속眷屬을 위한 기도는 깨끗한 곳 그리고 정갈함이 어우러진 마음의 표시였다. 더구나 기도의 마지막 영험을 위한 마음에는 이미 투명透明한 사랑의 진심이 하늘 길로 오르는 염원의 연기와 같았다. '마음 빌어 닿는' 것을 믿는 어머니의 마음에는 이미 사랑으로 감싼 안도감이 소망의 덕목으로 다가온 인상이다. '비나이다/ 비나이다/ 두 손 모아 비나이다'는 당신 자신을 위한 염원이 아니라 오로지 자식이나 남편을 위한 헌신의 기도이기에 하늘로 오르는 소지燒紙의 여운은 감동을 남기는 소망의 가락일 것 같다.

　김경조의 마음을 보여주는 시들은 「소나기」, 「고로쇠나무」, 「전봇대」, 「두 어미」, 「엄마에게 서울은」, 「소지」 등 많은 작품 속에 여인의 마음이 휴머니즘을 따스함으로 감싸는 체온이 들어있다. 시는 사랑을 나타내는 목소리라면 「소나기」는 생명을 춤추게 하고, 나무 또한 시원

한 그늘과 아름다운 풍광을 전달하는 임무가 있고,「고로
쇠나무」는 인간을 위한 생명수를 모두 주는 일이나,「전
봇대」 또한 어둠에서 빛을 위해 스스로를 지킴이로 임무
를 갖는 희생정신이라면「두 어미」나「엄마에게 서울
은」,「소지」 등은 스스로를 위한 기도가 아니고 가족을
위한 일념의 사랑을 나타내는 넓이의 희생정신이 시적
기저基底를 유지하는 바, 이는 김경조의 시적 특징이면서
품성을 나타내는 상징적인 표현이라는데 여념이 없는 목
소리들이다.

　　　순식간에
　　　놀란 것들 깨워
　　　괜찮아 괜찮아
　　　당부하고 멀어지니
　　　흙먼지 풀풀 솟던
　　　황톳물 고인 땅도
　　　넘어진 풀 안아 세우고
　　　숨은 것들 토닥이기 바쁘다
　　　　　　　　　　　　－「소나기」에서

사랑은 스스로를 잊을 때, 찾아오는 신기루일 것이다.

왜냐하면 따지고 분석하면 사랑의 이름에는 이기적 삭막한 바람이 일렁일 것이고, 냉기 도는 슬픔의 의상을 걸칠 때, 불행의 사막을 터벅이게 된다. 다시 말해서 사랑은 따스함이고 아늑함이라면 체온을 서로 나눌 때, 비로소 인식의 깨어남이 발동된다. 알 듯 모를 듯 찾아와 가슴을 적시는 시원함이기도 하고 더러는 추위를 녹여주는 온화함일 때, 더없는 지고至高의 가치로 승화하는 이름이 사랑이기 때문이다. '넘어진 풀 안아 세우고'와 '숨은 것들 토닥이기 바쁘다'의 모양은 어머니의 마음이고 사랑을 간직한 여인의 아름다운 모습으로 다가온다. 은근하게 스미는 이슬비보다 한꺼번에 생명의 춤사위를 보여줄 수 있는 소나기에는 시원함과 갈증 해소 그리고 온 세상을 환희와 즐거움의 춤판을 만드는 방법이 소나기의 위력으로 생각된다. 「소지」에서는 정적靜的인 묘미를 발휘했고 「소나기」에서는 다이나믹하고 역동적인 에너지를 투사하는 바, 양면성은 곧 시인의 정서적인 폭발력을 가늠하는 상징인 듯하다. 정적인 면과 역동성―둘의 에너지에는 사랑이라는 발심發心이 있기 때문에 구사할 수 있는 시적 기교로 생각된다.

3) 행복 혹은 동화(同化)

한 마디로 행복이란 서로 간의 동화일 뿐이다. 같아지기 혹은 같아지려는 노력이 있을 때, 흥미를 갖게 되고 이 자락을 따라 행복이 걸어오기 때문이다. '인간의 최대 행복은 날마다 덕德에 대해서 말을 주고받는 것이다. 혼魂이 없는 생활은 인간에 값하는 생활이 아니다'를 말한 소크라테스는 덕과 혼이 행복의 요건이라 말했고, 플라톤은 '부자는 선량할 수가 없다. 선량하지 못하면 행복하다고 할 수가 없다'에는 가난과 선량이라는 두 가지의 요건을 꼽았으니 저마다 행복의 기준은 엄격히 다른 것 같다. 또한 칸트는 '행복을 누릴 자격이 있는 사람이 중요하다'에 이르면 행복이란 의미를 알고 살아가는 일이 중요하다는 자각의 의미를 더하면 더욱 많은 말들로 행복의 의상을 펄럭이지만 어느 것도 행복의 의미에 정곡正鵠을 말하는 것이 아니라 자기만의 의미를 설명하는 점에서 모조리 추상적이다. 그러나 공기가 그렇듯 행복이란 느끼는 상태의 이름일 것이고 찾으려는 자는 반드시 찾게 되는 점에서 자발적인 언어의 포장이라는 의미를 말하게 된다. 아무리 부자이고 권력이 높다 해도 불평과 불행을 함께하고 살아가는 사람이 대부분이기 때문이다.

부부관계는 서로가 하나로 합치하는 접점에서 행복이 다가온다. 이를 굳이 사랑이라는 말로 포장하는 것은 과장일 수 있을 것이다. 왜냐하면 사랑이 결합은 때로 인내와 시련의 숲을 지나면서 맞이하는 일종의 인내도忍耐圖의 광장을 지나야 하기 때문이다.

> 서로 나눌 이야기가 없지요
> 나이든 부부는
> …중략…
> 혹시
> 우리는 그림자에 그림자 포개며
> 시간에 물감만 탔을까요
>
> 지금
> 등 돌리고 누워도
> 들리는 당신의 마음은
>
> ―「오래된 사랑」에서

오래된 것에는 숙성의 묘미가 있다. 오래된 시간은 그만큼 용해의 능력을 이미 시험받았기 때문이다. 사랑은 화학적인 결합이 될 때도 있고 또 자연스런 결과일 때도 있지만 그 결과는 저마다 다를 것이다. 다시 말해서 A와 B가 만나 전혀 다른 C로 변한다는 것은 결국 부부의 삶에 중요한 인내의 강을 지났을 때 맞게 되는 결과의 이름이기 때문이다. 젊어서는 맹목盲目의 사랑으로 살고, 중년이 되면 의무 같은 일을 수행—자식 키우고, 종족 보존의 임무를 지나면 서로의 틈새가 보일 때 A는 A로 보이게 되고 B는 벗겨진 B로 보이게 된다. 그러나 보통의 부부 C가 된다는 것은 일종의 habituation—'습관화, 익숙해짐, 순화'에 머물게 된다. 김 시인의 경우 '등 돌리고 누워도/ 들리는 당신의 마음'에서 깊고 따스한 사랑의 밀어가 이심전심以心傳心의 경지에 이르렀음을 느끼게 된다. 사랑은 서양식으로 증명하는 스킨십이 아니고 오로지 마음이 결합하는 동화의 이름일 때 진정한 사랑을 맞게 되기 때문이다. 다시 한 편의 시를 인용한다.

암소 앞세워
밭고랑 만들고
씨앗 묻어 흐뭇한 한나절
지난 가을에 숨겼던
잘 여문 콩을 갈아
뜨끈한 두부를 준비하세

산 아래 소식은 뜬 구름 같고

오직, 아이 일곱 키우는데

세월을 다 보냈네

…중략…

저 골짜기 눈을 녹여내고

푸른빛을 기르는

햇살도

자네와 나랑 똑같아

─「산골부부」에서

　시는 자기를 고백하는 형태일 뿐이다. 비유로 타인의 이야기를 끌어오지만 실상은 자기의 경우를 언어로 포장하는 점에서 위의 시는 김경조 시인 자신의 경우로 오버랩된다. 위의 시의 가장 중요한 모티브는 '산 아래 소식은 뜬 구름 같고'에서 부부의 합심된 조화미가 보인다. 만약 산 아래 소식에 귀를 기우리는 경우가 되면, 비교에서 찾아오는 갈등─의견의 상충이 결국 불행의 갈림이 되기 때문이다. 아울러 마지막 연에 '푸른빛을 기르는'은 일곱 아이를 키우기 위해 햇살의 역할로 여념이 없는 모습이 선연할 때, 말이 없지만 합치점은 '자네랑 나랑 똑같아'에서 행복의 빛이 따스함을 전달한다.

일반적인 사랑은 지식이 아주 높거나 또는 아무런 생각이 없거나의 상태일 때 부부의 행복이 따스함을 주지만, 적당한 지혜와 지식과 판단으로 비교比較하는 사람에겐 결혼은 고역이면서 계속 의문의 옷을 입고 그날그날 습관으로 살게 되는 경우가 허다하지만 김 시인의 부부 사랑은 천의무봉天衣無縫의 상태가 먼 마을의 불빛 같다.

4) 봄과 길의 이야기

시인이 즐겨 쓰는 시어詩語에는 그 시인의 정신이 집약되어 있고, 좋아하는 계절은 그가 태어난 인연因緣의 시원始原이 들어있거나 특별한 상관을 유추할 수 있다. 왜냐하면 시인은 자기의 모든 것을 투영할 때, 비로소 감동의 진실과 대면하는 유일의 방법이기 때문이다. 김경조의 시에 가장 많은 빈도의 계절이 봄으로 채색된다.

당신, 저 낮은 울음소리 들나요

감출 수 없어 들리는 숨소리로
살아있음을 알립니다
그리하여 우린 저 소리에

또 희망을 꿈꾸지요

 －「봄비」에서

　「통영, 봄」, 「만춘」, 「봄」, 「모란이 질 때」 등의 시와 여타 시에도 봄의 뉘앙스는 많은 함량으로 시인의 정서를 대변한다. 이는 시인의 정서적인 trauma이면서 각별한 이유가 내재할 것이라는 점을 상상한다. 왜냐하면 시인의 상상은 현실을 기점으로 떠나는 여행이지 황당하거나 무모한 망상의 길찾기가 아니기 때문이다. 인고忍苦의 겨울을 보내고 봄이면 생명의 숨소리가 들리는 동시에 희망의 나래가 펄럭이는 시적 묘미는 바로 김경조의 정신을 나타내는 깃발이고 그의 삶을 응축한 정신도精神圖에 이름이기 때문이다. '울음소리'를 감지하는 시심詩心은 그만의 경험이 축적된 발언이고 지혜의 결과물이라면 그만큼 깊이의 체험을 용해한 시어의 빛나는 결과물이라는 결론이다. 땅속에서 들리는 '저 소리에'는 아무나 들리는 소리가 아니고 열린 가슴에 간직된 사랑의 에너지가 있어야만 감지되는 언어이기에 감수성의 예민한 시인의 정서의 촉수를 바라보게 된다.

　봄이 무르녹으면 흥취가 일어난다. 다음 시는 그런 예에 적절하다.

바람기 없는 이른 아침
아카시아 꽃숲에 들면
밤새 고인 향기로
부끄러운 봄물 넘치는
순간이
그 분은 좋다고 했지요

—「만춘」

봄날의 바람기 없는 아침은 향기가 먼저 찾아오고 채색된 풍경화의 한 장면을 감상할 줄 아는 사람은 흥이 절로 솟구칠 것이다. 다시 말해서 느낄 줄 아는 사람만이 느낄 수 있는 재미일 것이고 이를 시어로 포착한 김경조의 봄에 흥은 '향기'와 '그 분은 좋다고 했지요'에서 절정의 이미지를 높이로 고양高揚시킨다. 물론 '그 분'이 누구인가를 굳이 알아야 하는 의미 해석을 강요할 필요는 없다. 시는 상상의 길을 넓히는 데서 감동을 만나는 기법이기 때문이다.

길(road)는 다양한 의미를 갖는다. 실재의 길이거나 인간의 운명이거나 또는 특정한 지역을 의미하는 도道에 이르면 다양성은 곧 철학을 수용하는 방법이 되기도 한다. 「안갯길」, 「닦아내며」는 이런 정서를 함축한 시이다.

보이지 않는 길 가는 손님

그대는

누구이며

어디로 가는지

…중략…

저 손이 제 길 가듯

나도 내 길 따라

묵묵히 걸을 따름이지

―「안갯길」에서

   인간의 삶은 길에선 나그네의 운명이다. 철학자 비트 갠슈타인이 말한 것처럼「파리 잡는 항아리」안(內)에서 무조건 터벅이면서 어딘지도 모르는 곳을 향하여 울부짖고 물으면서 길을 가지만 누구도 길을 알려주는 사람은 없다. 앙탈하고 몸부림쳐봤자 고역일 뿐 결과물이 없는 허망 앞에 초라한 몰골―이를 아는 지혜로운 사람은 '나도 내 길 따라/ 묵묵히 걸을 따름이지'라는 체념이 정답이 될 수도 있다. 왜냐하면 자기의 길을 모르고 맹목으로 가는 장님은 끌려가는 존재이고 내 길을 묵묵히 가는 사람은 자기의 길을 알고 가는 사람이기 때문에 확연히 차이가 나는 점에서 전혀 다른 삶의 길이 분기分岐된다. 안갯길에서 중심을 잡고 살아가는 사람의 삶은 가치가 있다는 말을 첨부하고 싶다.

5) 추억 혹은 회상의 여백

추억이란 지난 시간의 이름이고 기억을 재생하고 싶은 어의語義에는 돌아가고 싶은 마음도 들어있을 것이다. 이는 경험이 추스린 날들에 유난한 빛살이 반짝이는 것처럼 회상에서는 아름다움으로 포장된 어린 날이거나, 첫사랑의 오솔길이거나 아니면 아픔을 주었던 날들의 회상이 물살로 다가올 때, 이를 바라보는 시선에는 반가움이 넘칠 수도 있다.

바라보는 것은 즐거움이라 말한다. 인간은 생각을 키울 때는 슬퍼지고, 깊게 느낄 때는 세상의 모든 일들이 괴로움으로 느낄 경우가 허다하다. 그러나 바라보는 일, 혹은 듣는―꽃이나 좋은 사람이나 아름다움을 주는 음악소리에는 행복을 느끼는 것, 오감의 평안이 주는 위안일 것이다. 추억은 보는 것 같고, 듣는 것 같은 환상의 결합이기에 그리움을 불러온다. 추억이 예술로 승화되는 것은 순수함을 주는 요소가 많기 때문이라면 김경조의 시에도 그런 요소가 아련하다.

> 나이 든 친구들이 모여 앉아
> 불을 피운다
> 몽실거리는 연기가
> 데려가는 곳은
> 어린 날 잔칫집
> 푸른 청춘이 출렁대던 바닷가
> 옛을 가두어
> 한참을 말없다
>
> ―「캠파이어」중

　타오르는 불꽃을 보고―추억을 찾아가는 길은 저마다 넓다. 어떤 사람은 첫사랑을 생각할 것이고, 어떤 사람은 어린 날에 철없이 굴었던 악동의 행동이 그리울 것이고 또는 고난과 아픔의 세월을 회상하는 길이 아련할 것이다. 그만큼 추억은 아름다움으로 채색된 마음의 풍경화라면, 이 그림 속을 찾아가는 길은 행복과 마주하는 일도 된다. 불꽃을 통해 일어나는 상상의 길을 가스통 바슐라르는 '불꽃의 수직垂直성'이라 말했지만 나는 불꽃의 파장성 혹은 방사放射성의 효과로 생각된다. 그만큼 다양하고 넓은 기억을 재생하는 점에서 심리적인 위안에의 목록일 뿐만 아니라 인간에게 행복을 주는 시발始發이 되기 때문이다. 결국 「캠파이어」엔 '서로를 향해 크게 웃는다'에서 모든 의미가 집약되어 말없는 설명을 대신하고 있다는 뜻이다.

> 어릴 적 창은 깨지고
> 거미줄 내려앉았지만
> 모르는 사람이 묻는 길
> 알려줄 수 있는 고향
>
> 날 알아보는 이 없어
> 다리에 기대어 강물을 보고
> 낡은 예배당에 들러
> 어린 나를 만난다
>
> —「돌아온 거리」에서

추억을 방문하는 것은 결국 허무와 조우遭遇하는 일이 많을 것이다. 넓은 신작로가 작아졌고, 높은 뒷동산이 키만큼 낮아졌고, 알 수 없는 사람들만 보이는 혹은 퇴락한 옛집에의 현실은 가슴을 서늘하게 만들 것이다. 이는 누구나의 정서이면서 어쩔 수 없이 변화된 현실 앞에 망연함도 당연하다. 추억과 현실은 서로 간의 거리距離를 갖고 있기 때문에 변화를 생략하고 만나는 감각의 상실을 아쉬워한다. 그러나 인간은 항상 과거에 향수鄕愁를 갖고 현실과 비교하는 데서 간극을 망각忘却하는 점에서 추억은 맹목의 그리움을 불러오는 이름이 추상追想과 향수일 것 같다. 예의 김경조도 어쩔 수 없는 과거지향에 문이 넓은 것─돌아갈 수 없어 애달픈 정서의 시화詩化가 그렇다.

3. 에필로그의 문 앞에서

떠나는 자는 돌아오기를 꿈꾸고 다시 떠나기를 바라는 것이 인간의 상정常情이라면 시는 그런 도정道程의 일부를 포착하여 아름다운 그림을 그리는 행위이다. 김경조의 시는 순수가 본질 바탕을 형성하고 시로詩路를 만들어가는 느낌이다. 시적 재치가 그렇고, 자기 찾기의 방랑이 고달프기보다는 새로움에 매혹을 찾는 재미가 있고, 사랑을 승화하는 언어의 묘미가 맛깔스럽고 동화同化의 상태가 아름다움으로 몸짓을 보인다. 어미의 마음을 갖는 것은 사물을 따스함으로 감싸는 온기에서 유난하고, 봄날의 꽃에 향기를 은은함으로 전달하는 김경조의 시는 평안하고 추억을 불러오는 소리가 다정함에 물든 조용한 파도가 느껴진다.

'14. 5. 17.

✻ 저자약력

경북 문경.
명지대 문화예술대학원 문창과 졸업.
2005년『현대시문학』으로 등단.
『창조문학』동인,『현대시문학』동인,
『마루시』동인,『한국현대시』회원,
국제Pen 회원, 임화문학상 수상(2013).
시집 :『물 묻은 바람을 찾다』(2007),『기다리는 일』(2010),
『고삐도 굴레도 없는』(2012).

모두가 환하다

초판 1쇄 인쇄일	2014년 9월 17일
초판 1쇄 발행일	2014년 9월 18일

지은이	김경조
펴낸이	정진이
편집장	김효은
편집/디자인	우정민 김진솔 박재원
마케팅	정찬용 정구형
영업관리	한선희 이선건 허준영
책임편집	우정민
표지디자인	박재원
인쇄처	월드문화사
펴낸곳	새미

등록일 2005 03 14 제25100-2009-8호
서울시 강동구 성내동 447-11 현영빌딩 2층
Tel 442-4623 Fax 442-4625
www.kookhak.co.kr
kookhak2001@hanmail.net

ISBN	978-89-5628-642-6 *03800
가격	9,000원